W9-ARZ-107

PEQUEÑO OSO

y los seis ratones blancos

Para Penny

Título original: SCRUFFY BEAR AND THE SIX WHITE MICE

Publicado con el acuerdo de Random House Children's Publishers,
un sello de The Random House Group Ltd, Reino Unido.

EDITORIAL JUVENTUD, S.A.,
Provença, 101 - 08029 Barcelona
info@editorialjuventud.es
www.editorialjuventud.es
Traducción: SUSANA TORNERO
Primera edición, 2014
ISBN: 978-84-261-4107-1
DL B 12.592-2014
Núm. de edición de E. J.: 12.823

Printed in China

PEQUEÑO OSO
y los seis ratones blancos

Chris Wormell

Editorial EJ Juventud
Provença, 101 - 08029 Barcelona

Un pequeño oso salió a pasear al atardecer y llegó a un bosque.

«Qué lugar tan oscuro y tenebroso», se dijo.

Y justo cuando había decidido rodear el bosque en lugar de cruzarlo, oyó un ruido. Parecían gritos de animales asustados. Y procedían del interior del bosque tenebroso.

El oso se fue directo hacia allí para averiguar qué era aquel ruido, y justo en medio del bosque, iluminados por el último rayo de sol que se escondía, se encontró con seis ratoncitos blancos.

–¡Socorro! –chillaron los ratones–. ¡Nos hemos perdido! Y se está haciendo de noche. ¡Ahora seguro que nos comerán las lechuzas, o los zorros, o las serpientes, o...!

Y justo en aquel momento, oyeron ulular a una lechuza desde las copas de los árboles, por encima de sus cabezas...

–¡Deprisa! –susurró el oso–. ¡Enroscaos bien y esconded vuestras colas!

Y entonces los ratones se enroscaron y escondieron cuidadosamente sus colitas rosadas.

Un instante después, silenciosa como un fantasma, la lechuza se posó en el suelo junto al oso y a seis bolas blancas y esponjosas.

–Hola, oso –dijo la lechuza–. ¿No habrás visto algún ratón por aquí? Estoy segura de haber oído unos ratones hace un momento, y se acerca la hora de mi cena.

–¿Ratones? No, no, lechuza –dijo el oso, sacudiendo la cabeza.
La lechuza miró las seis bolas blancas del suelo y preguntó:
–¿Y esto qué es?

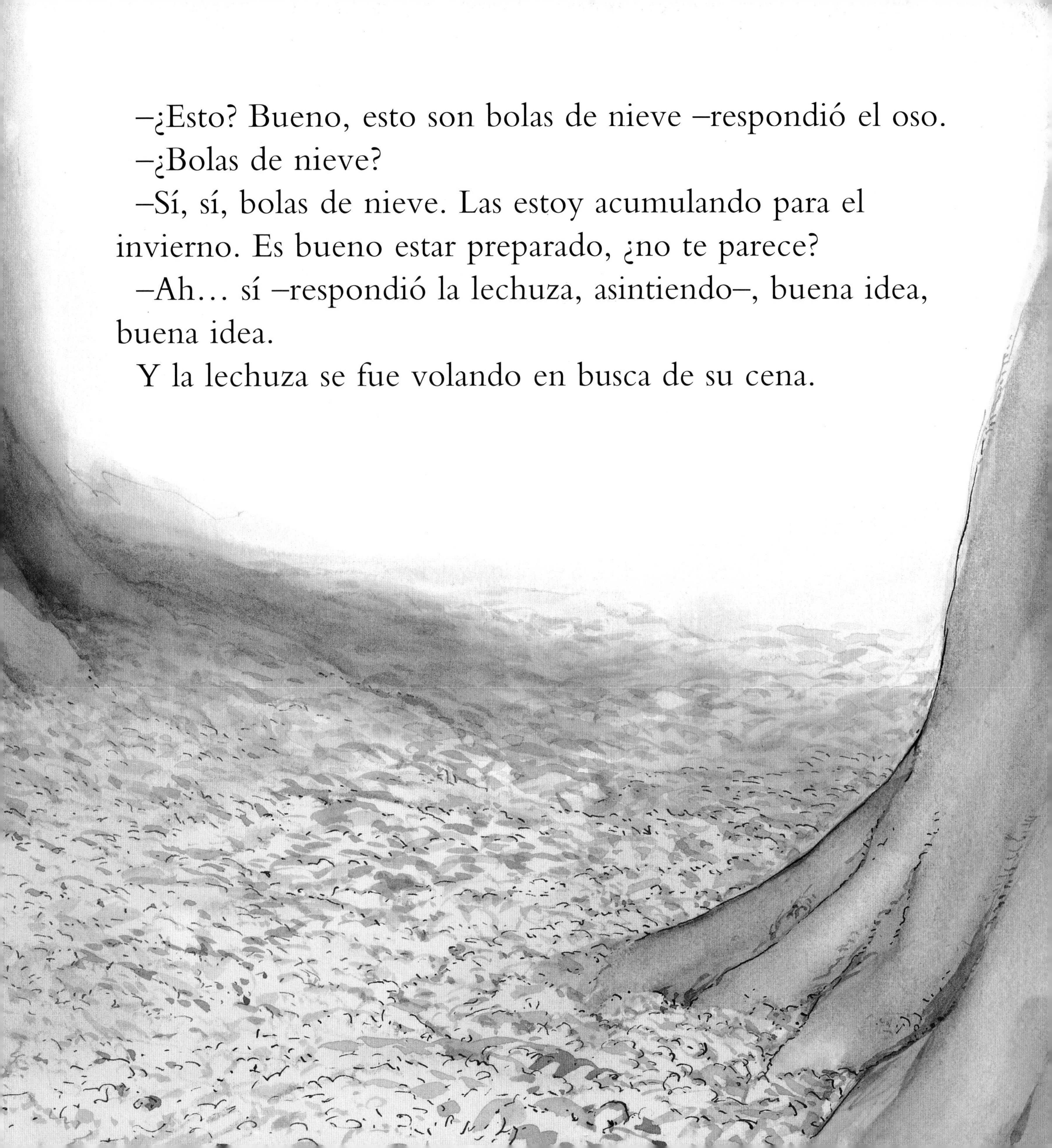

–¿Esto? Bueno, esto son bolas de nieve –respondió el oso.

–¿Bolas de nieve?

–Sí, sí, bolas de nieve. Las estoy acumulando para el invierno. Es bueno estar preparado, ¿no te parece?

–Ah… sí –respondió la lechuza, asintiendo–, buena idea, buena idea.

Y la lechuza se fue volando en busca de su cena.

–¡Deprisa, ratoncitos, deprisa! –dijo el oso cuando la lechuza se marchó.

Los ratones se levantaron de un salto y echaron a correr a su lado.

Pero al poco tiempo, oyeron el ladrido de un zorro muy cerca.

–¡Socorro! –chillaron los ratones, asustados–. ¡Un zorro!

–¡Rápido, enroscaos de nuevo, deprisa! –susurró el oso–. ¡Y no olvidéis esconder bien la cola!

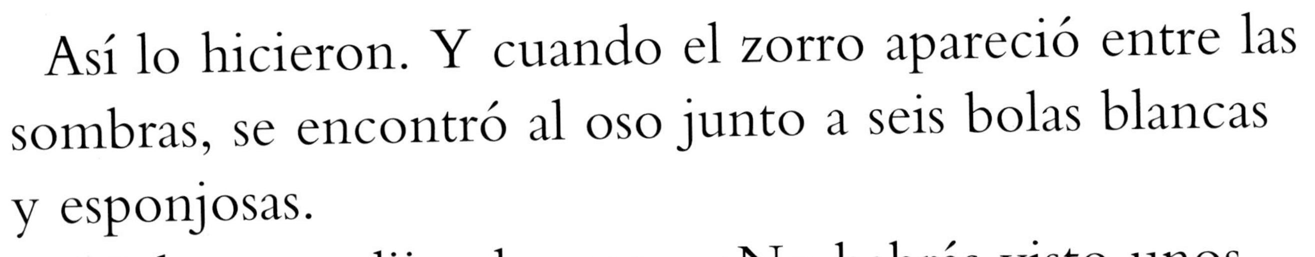

Así lo hicieron. Y cuando el zorro apareció entre las sombras, se encontró al oso junto a seis bolas blancas y esponjosas.

–Hola, oso –dijo el zorro–. ¿No habrás visto unos ratones por aquí? Sé que no pueden andar muy lejos, ¡puedo olerlos! –Y el zorro empezó a relamerse.

–¿Ratones? No, no –respondió el oso–, solo huevos.

–¿Huevos? ¡Pero si tienen pelos!

–Son huevos peludos de faisán. Los estoy reuniendo para el faisán peludo, que los ha perdido, ¡qué pájaro más tonto!

–Ah… –dijo el zorro, mirando aquellos curiosos huevos peludos–. Pues yo aseguraría que he olido unos ratones.

Y se fue sigilosamente en busca de su cena.

–¡Deprisa, ratoncitos, deprisa! –dijo el oso cuando el zorro se marchó.

Y todos los ratones se levantaron de un salto y se apresuraron.

Pero al poco tiempo, oyeron el siseo de una serpiente muy cerca.

–¡Una serpiente! –chillaron los ratones, asustados.
–¡Rápido, enroscaos de nuevo, deprisa! –susurró el oso.

Los ratoncitos se enroscaron una vez más, y un instante después la serpiente apareció serpenteando entre los matorrales.

–Hola, osso –siseó la serpiente–, esstoy busscando ratoness. ¿Hay ratoness por aquí?

La serpiente miraba fijamente las seis bolas blancas y peludas…

–¿Ratones? No, no –respondió el oso–, solo manzanas.
–¿Manzanass?

–Sí, sí, manzanas luneras. Estoy recogiendo la fruta que ha hecho caer el viento: son manzanas de los manzanos blancos de la luna. Ya sabes, estos días ha hecho mucho viento por allí arriba.

–¿Manzanass lunerass? –siseó la serpiente, mirando aún más de cerca las bolas blancas y peludas–. ¿Y dessde cuándo hay manzanass con colitass rossadass como essta?

¡Uno de los ratoncillos había olvidado esconder su cola!

–¡Oh no! –exclamó el oso, cogiendo rápidamente la «manzana lunera»–. ¡Esto no es una cola, es un gusano malo que se está comiendo mi manzana!

–¿Un gussano? ¡Puaj! –dijo la serpiente, asqueada, y se fue serpenteando en busca de su cena.

Pero un poco más tarde, la serpiente pensó:
«¿Manzanasss lunerasss? ¡Qué tontería!»

Y la lechuza pensó:
«¿Bolas de nieve? ¿En pleno verano?»

Y el zorro pensó:
«¿Huevos peludos? ¡Eso es absurdo!»

Y luego los tres pensaron:

«¡RATONES!»

Pero ya era demasiado tarde, pues el oso y los seis ratones blancos ya estaban muy, muy lejos.